火焰的鬼臉

歐笠嵬◎圖文　尉遲秀◎譯

嗨！

　我剛來到這些書頁，像微風輕輕為您述說，
一系列櫻桃小倆口的故事，他們緋紅著臉，
四目深情凝望，我要像微風輕輕為您揮筆，
一系列圖畫在高聲喧嘩的彩雨裡，穿上他們美麗
的衣。

　我來為您輕輕喚起希望幾許，它們正踩著
一雙輪子，在我一盒盒的思緒上滑行而去。

　我來為您塗抹幸福的鬼臉，畫在風兒隨興
編寫號碼的書頁。
　四腳亂爬的童年畫筆作伴，我來跳舞等待所有
的明天，它們嬉鬧如逗點遠離佳。

　我來打開目光的門扉，為了給我這幾對小倆口呵
呵癢，他們掛在月亮上晃來晃去，我來是為了
喚醒夢想扁翅飛的未來，在括弧裡為您寫下
一個色彩繽紛的笑顏。

                                鳳笑嵐。 olivier

Bonjour !

Je viens d'arriver sur ces pages
pour vous souffler, une série
de couples en cerises à quatre yeux,
une série de dessins habillés
sous une pluie de couleurs à
haute voix.

Je viens vous souffler quelques espoirs
sur deux roues qui filent sur mes
pensées en boîtes.

Je viens vous griffonner sur ces
pages numérotées par le vent,
des formes en grimaces joyeuses.

Je viens accompagné de mon
crayon du jour marchant à quatre
pattes, dancer en attendant les
lendemains qui vont passer jouant
en virgule.

Je viens ouvrir les portes
du regard pour chatouiller
mes petits couples balancés par
la lune, et pour réveiller
l'avenir songeur et vous écrire
entre parenthèses un sourire
de toutes les couleurs.

olivier
03.2003

我的蝴蝶

MON PAPILLON

我的蝴蝶

歲月裡總有塵埃的時光。

我寫著翠綠冬天的枝椏。

嚼著淡似啤酒的微笑，夢想白雪覆蓋了歎息。

赤足走在燕兒的影子裡，爲了仰著驕傲的腦袋。

我發現字跡乾在冰寒裡，昨天卻不是上頭標示的日期。

今天，我見你有如蠶繭，你是明天的蝴蝶，

帶著你起舞，我的心化作白鴿。

 ●本篇法文原音收錄於 CD 第四首

親吻你

來吧，在我的回憶裡溫暖你，
香氣四溢的溪流從無處之處乍然湧出，
回憶是爲了在溪流裡親吻你。

Viens te réchauffer auprès de mes souvenirs
pour t'embrasser dans le ruissellement embaumé
du bonheur survenant d'un nulle part ailleurs.

盪秋千

你搖著我宛如秋葉隨風，
你讓我再次發現春天的歡愉，
你是我的，會思考的蘆葦。

純潔的空氣

　　爲了把藍天凝結起來。一小時後，和你相約在「大熊星」。
　　　在那裡，我向你保證，柳樹會在悲傷的樹葉上，
　張貼一千個純潔的空氣，佳餚澆灌的純潔空氣，沒有飢餓的問題。

Pour cristalliser l'azur. Dans une heure, rendez-vous à la "Grande Ourse".
Là bas, je te promets que les saules de l'univers auront affiché sur leurs
tristes feuilles, un millier d'airs purs arrosés d'exquis sans faim.

美人魚

我們是用聲音做成的,一些吞嚥著印象的聲音。

我們是用醃漬的火花做成的,

火花用書法一滴滴寫著珍珠般的悲戚,藏在雙手的細紋裡。

我們是擱淺的文字,擱在遙遠的某地。

文字黏不住魚的身體。

偶然的,文字,我們是人魚,

屬於另一種旋律。

●本篇法文原聲收錄於 CD 第五首

單數 · 雙數

引誘的遊戲：根據雙數日或單數日。

——雙數：我們扭來扭去。

——單數：我們緩緩分離。

Jeux de séduction: Selon les jours pairs ou impairs.

- Pairs: On se trémousse.

- Impairs: On se sépare en douce.

魔術被

包著這塊在魔術王國買的棉布，
生出一個沒有國界的秘密，
飛起一股靈魂的香氣。
熱情的片刻飄散，晃盪。
一個天使般的小字，小小的字，已經散逸。
窗戶吱吱嘎嘎發出這個「愛」字，化作紙頁。

●本篇法文原音收錄於 CD 第二首

甜酒

戴著面具的溫柔狐狸，是我們的模樣，
您可以隨意把它當作一個奇想，
一顆自由的心，吞下一口親吻，
用來釀造飄飄的甜酒。

Nos airs de gentils renards masqués vous serrent au
hasard d'une pensée, unc liqueur volée faite de gorgées de
baisers avalées dans un cúur de liberté.

香頌的田野

一起穿越田野的波浪，
現在，田野的舞會已經開場。
我們可以喝些牛奶釀的甜酒，
甜酒，讓人翻譯成香頌。
我們可以吃些野兔的乳酪，
乳酪，被寫在夢中。
一起穿越田野的波浪，
現在，田野的舞會已經開場。

欲望

小倆口，可口可愛，從那個名爲「中世紀」的地區直直走來。

他們正在「當代」小花園裡歇息午餐。

接著要赴晚宴，大約在一個未來的湖邊，

湖的名字是「欲望」。

Petit couple, mignon à croquer venant tout droit de région appelée
"Moyen-Age".

En train de faire une halte déjeuner dans le petit jardin "Notre époque".

Allant fêter un dîner approximativement sur un lac futur nommé "désir".

浪漫主義

兩束頭髮，屬於輕盈的心，消化著
脆脆的想像，屬於五月的我。

大提琴般的心

帶著降音符號的年輕人把交響樂的花瓣送給未婚妻。
於是未婚妻把大提琴般的心交付給他。

Ce jeune homme "en bémol" file à sa promise des pétales de symphonie.
Alors celle-ci lui offre son cœur violoncelle.

鄉愁

蒙古，我們童年的甜美國度。
我們初戀的國度。
為什麼你的顏色如此遙遠？

共享

我們的閒談輕輕巧巧地停靠在一條線上，不會煩擾
命運在微光乍現的薄紗夜衣上舞動。
這一刻，讓人難以忘情。

到此一遊

青春趁鮮留影（才不會拍到皺紋）。

第
Scène2
幕

秘密
SECRET

秘密

失眠的月亮下，我做了一個奇怪的夢：

近視的太陽在盒子做的魚兒上頭旋轉，

太陽下，有幾分鐘是巧克力做的……

特別是還有一則故事藏在一只信封裡，讓我耳朵甜甜的。

——有一天，遇見一對迷人的老夫妻，

兩人都超過百歲，我問他們長壽的祕密。

老先生回答我。

「小朋友，你看！你可不能把我跟你說的告訴別人，答應嗎？」

我點點頭。於是他靠過來說給我聽。

「我們……！……？ 『……』 。，：

……就這麼簡單，你看！」

聽他說話，我年輕了十歲。

於是，我帶著喜悅一頁跳過一頁……

早上，看著我的鬧鐘，我發現自己長高了好幾公分。

p.s.四月二十日，我就要十五歲了，生命過得真快。

淘氣

看哪，我漂亮的面具把我捉摸不定的想法搬來弄去，
在一方小小的淘氣裡。

Regarde, mon joli masque transposant mes nuées de fluides
pensées dans un petit carré de malice

被笑

一天，我的筆捂上了耳朵。（它不想再聽我說話。）

我想，或許它累了，不想再把這些幻想畫在紙上。

一天天，日子一天天跌倒，一天疊著一天，

而我在一個美麗的早晨，在一顆剛剛滴落的露珠下找到筆。

我的筆就在這奇特的地方再次牽起我的手，說要一起去冒險，

但這冒險還沒寫下隻字片語。

一陣幾乎聽不見的小小笑聲從我指問跳了出來。

我看見眼前一對斑斕無比的情侶，他們嘲笑著我。

彩虹的幻想

為了你一堆問題跳來跳去的生日，
我準備了一份小禮物，
裝滿彩虹的幻想。

Pour ton anniversaire sautillant d'interrogations.
J'ai un petit cadeau rempli d'illusions arc-en-ciel.

衝動

　　想要嘗試的衝動占據了我的身體。

這衝動會讓草地的清香、潮水的頌歌為我重生，

　　　　還會讓我想起純真。

我們一起去

一起去欣賞我們用吟遊詩人的手指彈奏的夜之排鐘。

Allons admirer une nuit carillon guidée par nos doigts troubadours.

巴拉巴拉

我把耳朵貼上隔壁這張圖，什麼也沒聽懂，

這圖說給我聽的

盡是一些饒舌的巴拉巴拉巴拉？⋯⋯巴拉巴拉巴拉⋯⋯？

於是我跑去找巴拉巴拉對照法文的字典，

在這幾頁裡根本找不到這種字典。

有人告訴我，您搞錯地方了，

您得到沙漠的那幾頁去找，去扒沙，

在那裡，巴拉巴拉對您來說就不再是秘密。

沙漠

加長版的埃及俗諺，王子深陷

金色的國度，沙塵的晚宴。

（海市蜃樓？）

Proverbe allongé d'un prince Egyptien plongé dans un paysage
de sables épongés ...... (mirage?)

害羞

我很害羞！

你很害羞！

他很害羞？誰啊？

我們都很害羞！是的！

你們都很害羞！是不？

他們都很害羞！這倒是！

 ●本篇法文原音收錄於 CD 第三首

想念

輕巧的波浪的沈思，醞釀著從容綻放的芬芳。

Réflexion d'ondes délicates mijotées d'arômes posément fleuris.

可惜

黎明即起，搔著我可憐的腦袋，

在我旁邊的是兩個怪ㄅㄚ，

他們要我在紙上把一些無法理解的句子晃來晃去。

我害羞的筆，被一堆堆的字擋住視線，

我的呼吸，幾乎不敢拉直背脊。

我就這麼跳進一團問題亂蓬蓬的漩渦裡，

然而一切都太遲了，這些句子踮著嘻笑的腳尖棄我而去。

某一天的夜裡，沒有一絲回應的微光，導引著夜的，

只有微微的笑，來自即將降臨的太陽，

只有某個早晨的影子，綴著流浪的謎題。

在夜裡，我發現一個天真的字，只有它願意停留片刻陪伴我。

這字，讓我在耳邊輕聲告訴你……

「哎呀！它也跑了。啊，說真的，實在可惜！」

64

訴說

木偶們悄悄述說著一齣「不太鹹」的希臘悲劇，以免遭人遺忘。

Marionnettes chuchotant une tragédie grecque "peu salée"
pour ne pas se faire oublier.

貪吃

兩個小傢伙，遠不在此刻的透明裡，
他們有勇氣越過真實之外的無垠牆垣，
他們靠在盛大無比的酒神饗宴的大門前，
在那兒，他們想像自己吃得像頭肥豬，
金色的馬兒漂游在銀色的醬汁，
外面有綠寶石形狀的山頭圍繞。

你知道的

你知道的，我想讓你看到，一個只用半音的微光打造的國度，
只用反射鏡打造的國度，鏡面繪著粉彩的和弦。
讓你看到這些輕輕的歎息，讓旋轉木馬睜大了眼睛。
你知道的，我只想多認識你一點點。

Tu sais, j'ai envie de te montrer un pays juste en lueur demi-ton,
en reverbère peignant un accord pastel. Te montrer les petits
soupirs tenant les grands yeux ouverts de manèges étourdis.
Tu sais, j'ai envie de te connaître juste un petit peu.

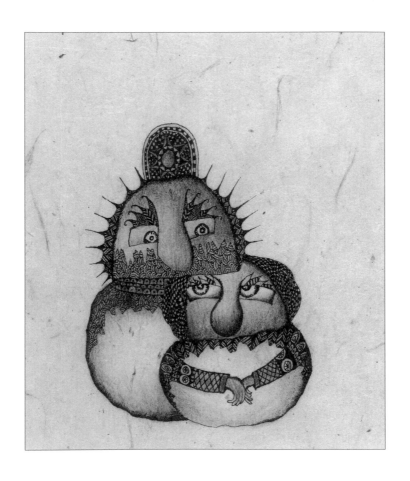

古董

我才去了一家舊貨舖子，找到兩個愛得十分俄羅斯的娃娃。他們彷彿在喉嚨裡咕噥著「無言歌」，重溫舊日的魔法。

蒼蠅

別鬧彆扭，今天是拜拜的日子。
你看！那些漂亮的蒼蠅繞著蛋糕飛來飛去。
藍的、黃的，還有紅的。
我們高興得流口水。

酸酸甜甜

AIGRE-DOUX

脆脆的謊言

草莓裹著鬆脆的囈語，牽引小小的虛偽謊言。

親密

嘩！夜降落在月亮前面，
想要偷偷溜進我們親密的目光裡。

Tiens!, La nuit s'est posée devant la lune pour se glisser
tout doucement dans nos regards intimes.

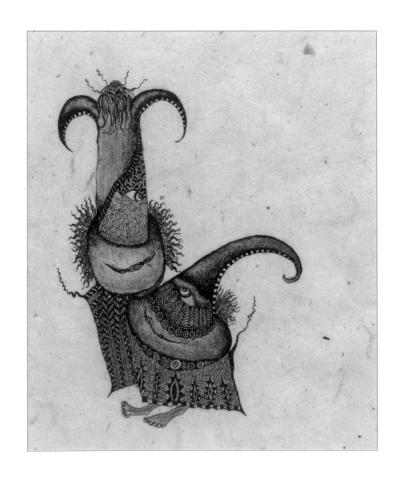

珍貴

一定要不惜任何代價，繼續無價，繼續野蠻，稀奇，自豪。

不然我們就完蛋了！

小心哪！你躲好。我覺得有人在看我們。

我的盤子

兩個「馬鈴薯」毫不思索地跟著命運走。

如果您記起他們頭髮的模樣，您就會理解，

他們的未來無可避免地落在我的盤子裡。

Deux "Pommes de terre" suivant leurs destins sans réfléchir.
Si vous évoquez leurs cheveux vous comprendrez de suite
que leur futur tombera inévitablement dans mon assiette.

早晨與黑夜

幾秒鐘的和樂融融裡，
黑夜男帶著太陽心跟非常年輕的早晨妹相遇了，
涼涼的銀河把她包得暖暖的，
他們相遇，爲了讓永恆動情。

感覺

我剛幫你買了，一瓶漂亮的墨水，它有一個屋頂還有幾扇窗。
風親吻著雪，墨水現在熱呼呼地裏在一團輕觸著雪的棉絮裡。
你感覺到風吹來了嗎？

Je viens d'acheter pour toi, une jolie envie, elle porte un toit et
des fenêtres. Elle est actuellement chaudement enveloppée de
flocons touchant la neige embrassée par le vent.
Sens-tu ce vent venir?

合奏

巴哈的協奏曲，經過我的彩色鉛筆，
變得平易近人，充滿生氣。

十五個春天

年輕的德國女人在她情郎的鬍子裡。

霎時，她的臉湧現了加料的黑森林記憶，

有點像神秘的烏鴉，用一陣激情的微風包裹，

她脆弱又快樂的十五個春天。

Jeune Allemande dans la barbe de son amant.
 Aussitôt, de sa figure surgit les mémoires assaisonnées de la
Forêt Noire, un peu corbeau mystère qui enroba d'une brise
passionnées, le fragile et heureux parcours de ses quinze
printemps.

酸酸甜甜

偽裝歡樂的苦澀在冰鎮檸檬汁裡伴著言外之意飛起。

喜劇小路

少女和一片在「亞馬遜河流域」當中的一座老宅子裡的閣樓上
找到的破布跳著舞，
還有一個想像的面具來自一條隨便亂塗著喜劇的小路。

Adolescente dansant avec un bout de chiffon trouvé dans le grenier
d'une vieille demeure en pleine "Amazone", et un masque à l'imaginaire
d'une allée griffonnée de comédie.

探戈

散發紫羅蘭氣味的探戈因為兩個微笑而中止。

一個有點像笨笨的鴨梨。

另一個顯然是壞心腸的諷刺（可我又不確定）。

布袋帽

方便的激情，繫在一頂仿造的布袋帽底。

Les passions pratiques, tiennent sous un chapeau toquet en toc.

天真

我的天真讓我平衡的寧靜吸氣吐氣。
不管發生什麼事，我永遠為自己的單純感到相同的驕傲。

如果您……

如果您毫不思索就鑽進恐懼的針尖，為了掛上、為了弄捲您的戰慄。

如果您感到因為缺少汗水而口渴，為了給一座火山取名為歡愉。

您且留步，您走錯路了。閉起然後張開您的雙眼。

看看我們，我們發現了一條小路，在夢想的謙卑裡，搖搖晃晃，蜿蜿
蜒蜒。

Si vous enfilez sans réfléchir les aiguilles de la peur, pour accrocher et
friser vos frissons.

Si vous vous sentez assoiffé de sueur pour nommer un volcan un plaisir.
Si vous...

Arrêtez! Vous vous égarez. Fermez et ouvrez les yeux.

Regardez nous, on a trouvé un sentier se trémoussant, se balançant dans
l'humilité rêvée.

錯誤

儘管它是張畫壞的圖，
它還是想把一件事好好地、仔仔細細地⋯⋯⋯⋯⋯⋯（搞壞）

把心留下

這裡有一個變白的非洲女人，伴著她依然漆黑的老公。

擺著觀光客的姿勢，黑白相片上了彩色。

如果您在翻這本書的時候找得到他們，

他們當然會用「塑膠心」非常誠摯地跟您問好。

如果您問他們爲何有「三顆心」。

他們會立刻辯稱——「我們的兒子太害羞，哭著走了，

他躲在不遠的地方，把心留給了我們。」

Voici une Africaine blanchie, en compagnie de son mari resté tout noir.

En pose "touristique" noir et blanc recolorée.

S'il vous arrive de les apercevoir en feuilletant ce livre. Certainement ils vous salueront très sincèrement avec des "cœurs en plastique".

Si vous leur demandez pourquoi ils tiennent "trois cœurs".

Ils vous répliqueront sur-le-champs - "Notre fils est trop timide, il est parti en pleurs se cacher un peu plus loin, nous laissant son cœur".

●本篇法文原音收錄於 CD 第三首

不得不

再見！願天空保佑你，讓你得到休息。

p.s.千萬不要忘記用鑰匙把抽屜鎖上，

我們拿過去作韻腳的逃逸都在裡頭。

也別忘拂去調皮的塵灰，

第一個抹掉我們故事的就是它（從亂丟的鞋上掉落的）。

也不要忘記最後那天，我們不得不在那時分離。

我的蝴蝶

IL y a des temps de poussières.

J'écrivais des brindilles de verdure d'hiver.

Je rêvais de soupirs enneigés en mangeant des sourires de petites bières.

Je marchais à l'ombre d'hirondelles aux pieds nus, pour garder la tête fière.

Je remarque que ces écritures séchées dans le froid ne datent pas d'hier

Aujourd'hui, je t'ai trouvée comme un cocon à l'avenir papillon, j'ai mené la

danse et mon cœur est devenu colombe.

盪秋千

En me balançant comme une feuille d'automne emportée par le vent, tu m'as fait

redécouvrir le plaisir du printemps, toi mon roseau pensant.

 le plaisir du printemps, toi mon roseau pensant.

En refermant "l'entrebouchure" (l'embouchure) du texte ci dessusment écrit.

J'ai remarqué le vol effacé d'une mouche bleue qui allait me raconter une toute

autre histoire.

美人魚

Nous sommes fait de sons qui s'ébruitent en avalant les impressions.

Nous sommes fait d'étincelles marinées qui calligraphient le goutte à goutte des

chagrins nacrés, plissés entre les mains.

Nous sommes écritures échouées, retenues au loin quelque part.

Ecritures qui ne collent pas aux poissons. Ecritures du hasard, nous sommes des

sirènes d'une autre mélodie.

魔術被

Sous la couverture de coton achetée dans un pays de magie.

Un mystère sans frontière est né.

Une senteur de l'âme s'est envolée.

Des minutes de chaleur éventées se sont promenées.

Un petit mot angélique, tout petit s'est ébruité.
Et les fenêtres ont grincé le mot "amour" devenu
feuille de papier.

香頌的田野
Traversons les flots des champs à présent c'est la fête aux champs.
Nous pouvons y boire des liqueurs de lait traduites en chanson.
Manger des fromages de lièvre écrits en rêvant.
Traversons les flots des champs à présent c'est la fête aux champs.

浪漫主義
Chevelures d'esprits allégés digérant
l'imaginaire croquant du moi de mai.

鄉愁
Mongolie, doux pays de notre enfance.
Pays de nos premiers amours.
Pourquoi tes couleurs sont si lointaines?

共享
Nos causeries délicatement reposées sur un fil, ne peuvent agacer une destinée
jouant sur un déshabillé de lueur à peine née.
Ce qui est difficile à oublier.

到此一遊
Jeunesse fraîchement photographiée, pour ne pas prendre une ride.

Sous une lune insomniaque, j'ai fait un drôle de songe: Il y avait sous un soleil myope qui roulait sur des poissons en boîte, des minutes en chocolat...

Et surtout il y avait une histoire cachée sous une enveloppe qui m'a sucrée l'oreille: Il y a un jour, j'ai demandé à un charmant couple ,gé de plus de cent ans tous les deux,

leur secret de longévité.

Il m'a répondu.

«Mon petit, tu vois! Ce que l'on va te dire, il ne faudra le répéter à personne, promis?»

J'ai hoché la tête en signe d'accord. Alors il s'est approché de moi et m'a raconté.

«On... !   ? "..."   .   ,   :... C'est tout simple, tu vois!»

En l'écoutant, j'avais rajeuni de dix années.

Alors, j'ai pu avec joie sauter de page en page......

Au matin, à mon réveil j'ai remarqué que j'avais grandi de plusieurs centimètres

PS: Le 20 Avril, je vais avoir 15 ans, que la vie passe vite.

Un jour, mon stylo s'est bouché les oreilles. (Il ne voulait plus m'écouter)

J'ai pensé que peut-être il était fatigué de dessiner des illusions sur le papier.

Les jours trébuchèrent les uns sur les autres et un beau matin, je l'ai retrouvé sous une rosée à peine posée.

C'est à cette endroit insolite qu'il me reprit la main pour une nouvelle aventure, mais avant qu'elle ne s'écrive. Un petit rire presque inaudible me sauta entre les doigts.

Je vis en face de moi, un couple inopinément coloré, en train de se moquer de moi.

衝動

Eros d'essai qui prend mon corps.

Il me fera renaître senteur des prés, ode des marées.

et m'appellera innocence.

巴拉巴拉

En me prêtant l'oreille au dessin d'à-côté . Je n'ai rien compris, il m'a débité avec une langue bien affilée que des bla bla bla?...bla bla bla...?

Alors je suis parti à la recherche du dictionnaire franco-bla bla bla, dictionnaire pratiquement introuvable ici sur ces pages. On m'a répondu, ici vous vous trompez, il faut aller voir les pages du desert, gratter le sable, et là, les bla bla bla pour vous n'auront plus de

secret.

害羞

Je suis timide!

tu es timide!

il est timide ?qui?

nous sommes timides? oui!

vous êtes timides! oui ou non?

ils sont timides! ça oui!

可惜

Depuis l'aurore, je chatouille ma pauvre tête, à côté, de moi se trouve deux singuliers personnages qui me font balançer des phrases incompréhensibles sur le papier.

De mon stylo timide, aveuglé de flopées de mots, mon souffle osait à peine se tenir debout.

Alors je me suis jeté dans un tourbillon ébouriffé d'interrogations, mais trop tard ,ces phrases
m'avaient délibérément quitté sur la pointe de la rigolade.
Une nuit orientée sans lueur de réponse et au petit sourire du soleil suivant, à l'ombre d'une matinée ornée d'énigmes vagabondes, j'ai repéré un mot naïf, le seul qui avait voulu rester un moment m'accompagner.
Ce mot je vais vous le murmurer...- "Zut alors! lui aussi est parti. Ah,franchement , quel dommage!"

貪吃

Page 067

Deux êtres, loin d'être dans la transparence du moment, ayant eu le courage de traverser les murs irréels de l'excès, se posant devant les portes d'un festin d'orgie universel où ils peuvent se figurer manger comme des porcs, des chevaux d'or nageant sur des coulis d'argent entourés de montagnes en forme d'émeraude.

古董

Page 071

Je viens d'une brocante, où j'ai trouvé deux poupées amoureusement russes. Il semblerait qu'elles ronronnent un "sans parole", afin de réviser la magie d'autrefois.

蒼蠅

Page 073

Ne fais pas la tête, aujourd'hui c'est ta fête.
Regarde! Les superbes mouches qui voltigent autour des g,teaux. IL y en a des bleues, des jaunes, et des rouges.
On va S'émoustiller la salive.

天眞

Ma naïveté fait respirer la tranquillité de mon équilibre.
Quoiqu'il arrive, je resterai toujours le même fier de ma simplicité.

錯誤

Dessin raté qui essaie de revivre malgré lui un évènement
tout en finesse..........................(ratée)

不得不

Au revoir! Que le ciel te garde et te repose.

PS: N'oublie surtout pas de refermer à clef le tiroir où se trouve nos échappées
rimées au passé juxtaposé
N'oublie pas aussi d'enlever sous tes yeux, la poussière
qui sera la première à vouloir faire effacer notre histoire.(de chaussures coquines
mal lassées.)
Et n'oublie pas ce dernier jour où il a fallu se séparer

國家圖書館出版品預行編目資料

幸福的鬼臉／歐笠嵬圖文・尉遲秀譯. －－初版.
－－臺北市：大田出版；民92
面； 公分.－－ (視覺系；010)

ISBN 957-455-497-X(平裝)

876.6   92012184

視覺系 010

圖文：歐笠嵬
譯者：尉遲秀
發行人：吳怡芬
出版者：大田出版有限公司
台北市106羅斯福路二段79號4樓之9
E-mail:titan3@ms22.hinet.net
http://www.titan3.com.tw
編輯部專線（02）23696315
傳真（02）23691275
【如果您對本書或本出版公司有任何意見，歡迎來電】
行政院新聞局版台業字第397號
法律顧問：甘龍強律師
總編輯：莊培園
主編：蔡鳳儀
企劃統籌：胡弘一
美術設計：純美術設計
校對：陳佩伶／歐笠嵬
（圖片提供 畫家經紀 radiobean網站）
製作印刷：知文企業（股）公司・(04)23595819-120
初版：2003年（民92）八月三十日
定價：新台幣 250 元

總經銷：知己實業股份有限公司
（台北公司）台北市106羅斯福路二段79號4樓之9
電話：(02)23672044・23672047・傳真：(02)23635741
郵政劃撥：15060393
（台中公司）台中市407工業30路1號
電話：(04)23595819・傳真：(04)23595493

國際書碼：ISBN 957-455-497-X /CIP: 876.6 / 92012184
Printed in Taiwan

閱讀是享樂的原貌，閱讀是隨時隨地可以展開的精神冒險。

因為你發現了這本書，所以你閱讀了。我們相信你，肯定有許多想法、感受！

讀 者 回 函

你可能是各種年齡、各種職業、各種學校、各種收入的代表，

這些社會身分雖然不重要，但是，我們希望在下一本書中也能找到你。

名字／＿＿＿＿＿＿＿＿　性別／□女 □男　出生／＿＿年＿＿月＿＿日

教育程度／＿＿＿＿＿＿＿＿＿＿＿＿

職業：□ 學生　　　 □ 教師　　　 □ 內勤職員　 □ 家庭主婦

　　　□ SOHO族　　 □ 企業主管　 □ 服務業　　 □ 製造業

　　　□ 醫藥護理　 □ 軍警　　　 □ 資訊業　　 □ 銷售業務

　　　□ 其他 ＿＿＿＿＿＿＿＿

E-mail/ ＿＿＿＿＿＿＿＿＿＿＿＿＿＿＿　電話/ ＿＿＿＿＿＿＿＿

聯絡地址：＿＿＿＿＿＿＿＿＿＿＿＿＿＿＿＿＿＿＿＿＿＿＿＿＿

你如何發現這本書的？　　　　　　　　書名：幸福的鬼臉

□書店間逛時＿＿＿＿＿書店 □不小心翻到報紙廣告（哪一份報？）＿＿＿＿＿

□朋友的男朋友（女朋友）灑狗血推薦 □聽到DJ在介紹＿＿＿＿＿＿

□其他各種可能性，是編輯沒想到的 ＿＿＿＿＿＿＿＿＿＿＿

你或許常常愛上新的咖啡廣告、新的偶像明星、新的衣服、新的香水……

但是，你怎麼愛上一本新書的？

□我覺得還滿便宜的啦！ □我被內容感動 □我對本書作者的作品有蒐集癖

□我最喜歡有贈品的書 □老實講「貴出版社」的整體包裝還滿 High 的 □以上皆

非 □可能還有其他說法，請告訴我們你的說法

你一定有不同凡響的閱讀嗜好，請告訴我們：

□ 哲學　　 □ 心理學　 □ 宗教　　 □ 自然生態　 □ 流行趨勢　 □ 醫療保健

□ 財經企管　 □ 史地　　 □ 傳記　　 □ 文學　　 □ 散文　　 □ 原住民

□ 小說　　 □ 親子叢書　 □ 休閒旅遊□ 其他 ＿＿＿＿＿＿＿＿＿＿

一切的對談，都希望能夠彼此了解，否則溝通便無意義。

當然，如果你不把意見寄回來，我們也沒「轍」！

但是，都已經這樣掏心掏肺了，你還在猶豫什麼呢？

請說出對本書的其他意見：

大田出版有限公司編輯部 感謝您！

大田出版有限公司　編輯部收

地址：台北市106羅斯福路二段79號4樓之9

電話：（02）23696315-6　傳真：（02）23691275

E-mail：titan3@ms22.hinet.net

地址：

姓名：

TITAN
大田出版

智　慧　與　美　麗　的　許　諾　之　地